사람 꽃

이 도서의 국립중앙도서관 출판예정도서목록(CIP)은 서지정보유통지원시스템 홈페이지(http://seoji.nl.go.kr)와 국가자료종합목록 구축시스템(http://kolis-net.nl.go.kr)에서 이용하실 수 있습니다.
(CIP제어번호 : CIP2020000788)

J.H CLASSIC 041

사람 꽃

박방희 시집

지혜

시인의 말

가혹한 시절
한 뜸 한 뜸

내 정신精神에 새긴
문신文身들이다.

2019년
박방희

차 례

1부 겨울보리

2부 6·25

3부 호각소리

4부 남남북녀

1부

겨울보리

동맥冬麥

내 動脈을 끊어

새파랗게 언

저 들녘의

겨울보리를 덥히랴!

백설 白雪

세상을 지우며

하얗게 눈 내렸다

새 세상에, 나

또한 없으렷다!

강

여기 누가 먼 백사장에
푸른 넋 풀어 놓았는가

끝없이 이어지는 자유自由의 숨결이여!

길

이 짧은 한 음절의 말 속에
얼마나 많은 길이 들어 있는지

세상의 모든 길이 가고 있으니!

새

가을 하늘 까마득히

한 점 점으로 박힌 새

먹이 때문이 아니다

우주의 눈이고 싶어서다

민주주의民主主義

풀밭에 가면

직면하는

민주주의의 힘

나를 떠받치는

작고 여린 팔들의

꼿꼿한 버팀

수수

수수의 키는 세상보다 높다

천지의 가을이

ㄱ 극점에서 탄디

덮쳐오는 푸른 잠,

가없이 밀어내며

수수가 붉게 익는다

겨울보리

내가 가마
아무도 없는 벌판에
내가 거기 있기 위하여
천지天地가 회색빛인 세상
혼자서는 푸르마
모두가 누우려는 때에
나라도 서 있기 위하여
낮게 드리운 하늘
홀로 떠받치며
시퍼런 눈 부릅뜨고
살아 있기 위하여!

나는 왜 새처럼 날아오를 수 없을까?

　지상에 우 앉아 있던 참새들이 날아오른다 순식간에 우, 눈먼 겨울 하늘 속으로—날아오른다, 한 덩어리로 뭉쳐 하늘을 오므리며 솟아오르다 흩어지며 다시 하늘을 넓힌다 날아오른다, 솔 밭에 솔방울들처럼 떨어져 있던 새들이 한꺼번에 창창 솟아오른다 파릇파릇한 지지 깁도 열음 같은 창공에 박아놓으며……

　그런데 걸음을 멈춘 나는 왜 날아오를 수 없을까? 순식간에, 모든 것들 아래에 두고, 새처럼 순식간에 하늘로 우—

심산 김창숙 金昌淑

경상북도 성주에는 가야산이 있고

가야산보다
더 높고
깊은

심산心山
김창숙 옹이 있다

독도는 섬이 아니다

푸른 동해에
낙관한

삼천리
금수강산

대한민국의
국새國璽이다

소금

이런 바보가 있나
세상에 이처럼 어리석기가
희고 단단하고
어둠 속에서 홀로 빛나던 것이
맹물에 녹다니
스르르 몸을 풀어
흔적도 없이 지워지다니
단단한 결의도
빛나던 정신도 소용없이
그냥 물에, 한 그릇 물에 녹아 사라지다니

물, 무슨 물?
세상에 썩지 않는 소금물?
썩은 것을 소독하고
곪히고 상처 난 것을 씻어내는?
이런 바보가 있나
소금이 없어지다니
지금 막 역사役事를 시작하고자
그 몸을 내놓으셨으니!
한 그릇 물속에 고스란히 드시어
가장 온전한 모습으로 거하고 계심이니!

도마뱀

모든 머리는 꼬리를 만들어 낸다
궁지에 몰린 도마뱀이 떼어놓는 것도 언제나 꼬리이다

제물이 된 꼬리, 버림받은 꼬리는 전신으로 뛴다

그 팔딱거림으로 잠시 적이 멈칫하는 사이
머리는 안전하게 도망간다

그러나 피 묻은 꼬리의 용약踊躍은
새 머리를 만들어내려는 꼬리의 맹렬한 의지意志 같다

저녁답

해 질 무렵 잔디밭

그 투명한 푸름 속에

세상 모든 휴식 있느니

분주했던 마음

비로소 저무느니……

국가를 고소하다

"국가는 아직까지 형의 사망 사실을 통보하지 않고 있으며 유해를 인도하지 않고 있다. 사망한 형을 교도소에서 출감시키지도 않았고, 명예 회복 등을 위한 노력도 하지 않고 있다. 이것은 국민의 모든 기본권을 박탈하고, 행정 독점주의를 남용한 것이다. 지금이라도 국가는 유족에게 사망 통보를 하고, 명예 회복과 사과를 해야 한다. 아울러 고문이 아닌 '학살'이라고 인정해야 한다. 이런 것들이 관철될 때까지 끝까지 싸우겠다."

6·25 동란 중 국군에 끌려가 대전형무소에서 1951년 1월 4일 고문사한 것으로 밝혀진 박치선 씨의 동생 박치용(65세) 씨가 국가를 고소하며 한 말이다

* 2012년 3월 17일, 『시사저널』.

2부

6·25

6 · 25
― 도갓집

도갓집은 부잣집, 주인은 피난가고
술 머슴만 집 지키며 술 담가 팔았다
붉은 놀 내리는 저녁답이면
머리 허연 술 머슴도 발갛게 익어
김일성 장군 노래 부르며 배 누느렸다
그마저 훌쩍 떠난 어느 가을날
마당가 석류나무만 석류 등 달고
빈집 지키며 주인을 기다렸다

사람 꽃

— 전쟁나기

혼자 있다가 이국異國 군인들에게 당한 여인네가 한둘이 아니라는 풍문에 마을 부녀자들, 남정네들 들에 가고 없는 동안은 집안 다락같은 곳에 꼭꼭 숨어 있었습니다 그래도 군인들 불쑥 불쑥 담 타넘고 쳐들어온다니, 차라리 낮 동안은 한데 모여 있기로 공론이 돌아 마을 한가운데 마당 훤한 우리 집에 모이기로 했습니다 동네 부녀자들 해바라기 꽃판처럼 둥글게 모여앉아 서로서로 울이 되어 지켜주기로 한 것인데, 양지쪽에서 겨울나기 하는 忍冬草처럼 전쟁나기를 한 것이지요 그날부터, 우리 집엔 사람 꽃이 피었다 지곤 하여 난리 중에 팔자에도 없는 꽃피는 세월 있었다는 거지요 아침이면, 누가 먼저랄 것도 없이 하나 둘 모여들어 젊은 각시나 처녀들은 꽃술처럼 가운데 앉고 늙은 할미들은 여왕 호위하는 시녀 꽃들로 둘러앉아 눈부신 꽃판 이루고 있었습니다 그러다 저녁이면 남정네들 데리러 와 꽃잎 접고 돌아가고, 다음날엔 어김없이 모여 다시 피는, 이 세상 어디에도 없는 참 아름다운 조선 꽃으로 피고 졌다는 것이지요

월장越牆

　유엔군이 마을에 진주해 왔습니다 머리 색깔 눈 색깔은 만국기처럼 각각이고 흰둥이 아니면 검둥이들인데다가 수왈라거리며 돌아다니는 바람에, 사람들 모두 사립문 닫아걸고 겨우 문구멍을 통해서나 세상을 내다보고 있었습니다 어느 날, 키 큰 미군하나가 우리 집 토담은 흘쩍 뛰어넘이 들어와 쉬 숙은 듯 숨죽인집 안을 휙, 일별하고는 시위하듯 저벅저벅 마당을 가로질러 나가는 거였습니다 그 모습은 마치 전봇대 같은 키로 마당과 하늘을 가르며 줄긋고 가는 것 같았습니다 그렇게 줄그어 삼팔선까지 그어졌는지 모르지만, 마당을 가로지르던 그 군화 발자국 소리는 순한 백성들 가슴자리로 오늘날까지도 건너오고, 찢어 놓은 하늘은 아직도 저녁이면 한 번씩 피 흘리곤 한답니다

굴 아이

　지금은 거의 무너지거나 메워져 소문만 남아 있지만, 전쟁 터진 뒤에는 집집마다 방공호로 굴 하나씩 파놓고 살았습니다 전쟁 중이라 연신 쌩, 호주기 날아오고 우르릉, 삐이십구가 폭탄을 퍼부으니, 읍내에서 사이렌 소리만 나면 냅다 들고뛰어야 하던 시절이었습니다 굴에는 이불이며 냄비며 비상식량까지 숨겨져 있는 대피호지만 남녀 연애 굴로도 안성맞춤인지라, 그 굴이 전쟁 중엔 물론 끝나고도 한참 동안 낮이고 밤이고 요새 러브호텔처럼 이용되었다는데요 거기 출입하여 낳은 아이를 굴 아이라고 불러 마을에 굴 아이가 한둘이 아니었답니다 지금 휴전선 근처 땅굴이 발견되어 서로 네가 팠네 어쩌네 하는데, 그럴 것 없이 포탄도 못 들어오고 별빛도 없는 그 은밀한 장소를 오래 못 만난 남남북녀南男北女 데이트 장소로 삼으면 어떨까 싶은데요 그리하여, 굴 아이들 태어나 통일세대 만들면 이 땅의 남북통일 절로 되지 않겠나, 하는 거지요!

별밭

물밀듯이 내려오는 피난민들, 처음엔 방도 내주고 밥도 주고 옷도 나눠주던 마을사람들이 차츰 야박해져갈 무렵, 피난민들 떨어뜨려 놓는 것은 바글거리는 이뿐이고 없어지는 것은 옷가지며 양식인데다 더러는 귀한 은수저까지 훔쳐간다는 소문이 돌면서, 인심은 더욱 사나워져 방은 물론 집 안에 들이지도 않게 되었습니다

그해 여름 우리 마을 앞 냇가에는 노숙하는 피난민들, 살판났다 달라붙는 모기들과 싸우며 남도 인심 욕하느라 감자 많이 먹었지요 그런 피난민들 자욱하게 모여 밤을 밝힐 때 하늘엔 그만한 별들도 떠올라 초롱초롱 빛나며 별밭 이루고 있었는데, 하늘에도 전쟁 터져 피난 나온 별들 은하수 강변에 앉아 모닥불 피워 놓고 깜박깜박 밤을 새고 있었을까요? 가끔씩 별똥별들 길게 불타며 지고 유성 따라 명 다한 목숨들도 한둘씩 지기도 하는데, 그때마다 와— 하고 터트리는 산 자들의 호곡도 캄캄한 죽음 너머로 길게 따라가곤 했습니다

크디요? 크디요?

발갛게 달아 탱글탱글하게 치솟은 좆 외면한 채 살려 달라 애원하던 어머니, 흰땀 뻘뻘 불숨 식식 양담배 내놓고 사정하던 미군, 흰둥이 하나와 검둥이 하나, 멀리 산등성이 밭갈이하는 황소 좆만 하던 그것, 아무리 고함쳐 불러도 흰옷 입은 사람은 오지 않고 싫단다고 개머리판으로 찍은 이마빡 솟구치는 피를 보고야 물러나던 이국 병정들, 쏟아진 나무새 주워 담으며 어머니 나무라시기를, 너는 왜 울지도 않고 보고만 있느냐! 발보다 빠른 전갈에 아버지 웃고 마을 사람들은 크디요? 크디요? 전쟁도 끝나 40년 어머님 작고 10년, 이마의 혹도 삭고 역사의 혹도 삭아갈 무렵, 아직도 들리는 마을 아낙들 목소리, 크디요? 크디요? 그때 그 미군은 살아 돌아갔을까? 여섯 살 나는 또 왜 울지도 않고 보고만 있었을까?

사슬이 아제

　　군대 안 가려고 손가락 자른 옆집 사슬이 아제, 징집된 형 대신
받은 신체검사 떨어져 집에 왔지요 방아쇠 못 당기는 군인 소용
없어 왔지요 서당개울 봉답 몇 마지기 받고 날 세운 작두 밑에 바
른 검지 넣었지요 형에게 손가락 판 사슬이 아제, 팔팔 뛰는 손
가락 쥐고 그날 몹시 울었지요 지금도 꺼이, 꺼이, 뒤란 황토에
묻은 울음 솟아나옵니다

지리산
— 겨울나무

나무들이
비쩍 마른 겨울나무들이
골짜기를 올라
등성이로 넘어간다

더 깊은 산 속
더 큰 어둠 속으로

고개 떨군 모습
하나씩 지우며
패잔의 걸음으로
나무들이 넘어간다

다시 와 세상 덮을
푸른 그날 기약하며
총대 하나씩 거꾸로 메고
나무들이 넘어간다

더 깊은 산 속
더 큰 어둠 속으로
줄지어 넘어간다

지리산
— 길

산山이 길을 내놓네
품안에서 수천 갈래의 길 풀어내네

    마을이 길을 내놓네 옷고름 풀 듯 장롱 속에 깊이 감추었던 길
뽀얗게 풀어내네 숲이 길을 내놓네 봉두난발 풀어헤친 억새 사
이로 허리띠 같은 길을 내놓네 골짜기가 길을 내놓네 사타구니
사이로 거친 숨 묻어나고 피와 땀 방울져 떨어진 핏빛 길을 내놓
네 바위가 길을 내놓네 열려라, 참깨! 그대 발자국 소리에 안으
로 감아 들인 길 비로소 내놓네 별빛마저 지워져 캄캄한 하늘이
길을 내놓네 어둠 한 귀퉁이 툭 터지며 자박자박 길을 내놓네 천
둥소리 바람소리 휘파람소리 물소리 부엉이 울음소리가 길을 내
놓네 꽃들이 길을 내놓네 나무들이 덩굴들이 길을 내놓네 안으
로, 안으로 그들이 걸어 들어간 길, 저벅저벅 이 세상에 없던 길
을 내놓네

지리산

— 얼룩

산山사람
더 이상 갈 데 없어
봉우리에 달 오를 때
달 속으로 들어가
얼룩이 되었다

지리산
― 억새꽃

지리산 능선마다 억새꽃 피었다
이 땅이 그대에 바치는 獻詞이다

천왕봉 꼭대기에 꽃구름 떴다
하늘이 그대에 내리는 면류관이다

도깨비불

비 오거나 궂은 날 저녁이면
내 건너 골짜기엔 도깨비 나다녀요
시퍼런 불 날아다니며 전쟁 치듯 해요
아이들은 잡아간다고 나다니지 말라지만
한 번도 동네로 들어온 적은 없어요
그게 사변 때 죽은 인골人骨 때문이란 걸
중학교 들어가서야 알았지요
이편저편 무더기로 죽은 주검
골짜기에 널려 흘리는 인燐불이래요
恨이 삭아 새살 돋거나
통일되어 한나라 꿈 이루어지는 날
비로소 도깨비불 사라지고
도깨비로 떠도는 혼령도 잠들겠지요

왜관대교 지나며

겨울 너른 낙동강 빈 벌 지날 때

까마귀 떼들 불티처럼 떠올라 날아다닌다

전쟁 끝난 지 반세기인데 아직도 띠도는 원혼 있는가?

저녁노을은 피처럼 붉게 지고

저문 강물은 쏟은 물처럼 좍— 퍼져 흐른다

조국祖國

조국은 자석
국민은 쇳가루

S극이든 N극이든
온몸으로 달라붙는다

뼈 *

설악산 소청봉 아래
6·25때 죽은 국군의 시체가
30수년간 썩은 세월 속에 썩지 않고 있었다
용사인지 겁쟁이인지
스스로 전장에 나왔는지 끌려 나왔는지
뼈만 남은 그의 뼈는 보여주지 않으나
일찍이 조국의 흙 속에 뼈를 묻어
살아남은 누구보다도 깨끗하고
AIDS나 마리화나의 피와도 섞이지 않고 고요하였다
부끄러운 역사에 이름을 얹기보다는
이름 없이 해발 1600m
그 높이만큼 떠오른 명상 속에 묻혀
더 이상 피 흘리지도, 배고프지도 않고
고요한 휴식 안에 행복해 보였고
갈 곳은 하늘나라밖에 없을 것 같았다
그가 총에 맞아 죽었는지, 굶어 죽었는지
살은 이미 보여줄 수 없으나
그의 살을 먹고 피를 마신 뿌리 얽힌 철쭉들이
산새 울음 사이사이
해마다 꽃을 게워내

그의 삶을 대신하고 있었다
신원을 알 수 있는 유일한 증표인 군찰을 찾고자 애썼으나
다시 소집되기가 두려웠음일까
그는 끝내 내놓기를 거부했다
녹슨 철모와 테만 남은 파이버 하나
무궁화가 양각된 세 개의 삭은 단추만이
그가 국방군임을 증거하고
전쟁을 치른 땅이나 죽이고 죽은 사람 또한
우리 땅, 우리 겨레들임으로
뼈나 살은 피아의 구분에 아무 도움도 못 되고
단지 껍데기가 알맹이를 가름하였다
휴전 이후 33년
비록 그 뼈다귀가 인민군의 것일지라도
이제는 내 형제로 묻어줘야 할 것이었다
발굴물은 몇 개 더 있었다
전문가의 감식으로 식별한 M1 소총 하나
지금이라도 호명에 응할 듯한 총번 523671
뇌관은 삭았으나 폭발 가능성이 있는 60mm 박격포탄 2알
사자는 불러도 대답이 없건만
뇌관도 없이 포탄은 벌써 폭발하고 있었다

한지 위에 곱게 진열한 그의 뼈가

갑자기 웃기 시작했다

갸갸갸갸갸갸갸 ……

포탄을 보고 또 미치기 시작하는지

배일하에 드리난 뼈다귀가 가려워서인지

갈갈갈갈갈갈갈 ……

진실의 뇌관을 가지고 간 그가 구름 뒤에서

하얗게 웃고 있었다

빛처럼 안개처럼 풀꽃처럼 피어 나가며

흙 묻은 그의 뼈가 하얗게 폭발하고 있었다

* 1986. 6. 설악산 소청봉 아래에서 6·25때 전사戰死한 것으로 보이는 한 국군國軍의 시
  체가 발견되었다.

3부

호각소리

정오

읍내 경찰서에서 울리는 정오 사이렌 소리가 들려왔다
처마 그림자가 성큼 마당으로 내려섰다
어디선가 닭 울음소리가 길게 늘어지고
유관순 누나 만세소리도 들려왔다

……………………배가 고팠다

달의 오찬
― 일식日蝕

밝고 뜨거운
빛 덩어리를
야금야금
먹어치운

흡혈귀 같은 대머리 달

몇 년은 굶어도 환할 것이다

수탉 울음

한낮에 꼬끼오—, 우는 것은
수탉이 아니다

한낮이 제 흥에 겨워
한 번 닭 모가지를 빌어 뽑아 보는 것이다

긴 봄날
첩첩 고요에
금이라도 낼 요량으로

그렇게 한 번 울어보는 것이다

도살장 근처

도살장 위로 연기가 솟고
내 가슴께로 도끼 소리 건너오면
황소 떼의 영혼이
말간 하늘로 올라간다
길게 늘어지는 울음도
따라 올라간다
커다란 눈망울 굴리며 올라가
저녁마다 불을 물어
황소별자리가 된다
밤마다 내 꿈엔 소름이 돋고
사람들 머리엔 뿔이 자란다

대낮

고요가 커져 하늘에 닿았다

세상은 마치 속 빈 자루 같았다

이따금씩 햇볕이 인게히 올이

매미 소리는 노란 땀을 좍, 좍, 흘렸다

한낮은 점점 더 빨리 부풀어 올라

까마득히 우리는 기함氣陷하고 있었다

호각소리

통금이 없어지고
통금 사이렌이 사라진 지 오래인데
세상에 아직 호각소리 남았다
쫓기는 발자국 소리도 남았다
방범대원 손전등 불빛 한 줄기에
하늘 한 귀퉁이씩 무너지고
밤을 찢는 호각소리 한 흡吸에
까마득히 별 하나씩 진다

나팔소리

밤 10시
대구 국군통합병원 취침 나팔소리 들린다
10분전, 조금 아까는 소등 나팔소리
세상의 빛은 꺼지고
별빛도 소등되었다
저녁마다 찾아드는 저 소리
내 귀를 후비고 머릿속을 후비고
마침내 구곡창자 구석구석 다 후비며 파고드는
애절한 가락가락
고향 생각 말라고,
벗 생각 말라고,
눈물 흘리지 말라고,
마침내 마침내 의식도 없이 잠 들으라고

진달래꽃

봄보다 먼저 오는
최루탄 가스에

우리나라 진달래꽃
재채기하며 핀다

온 산山 발갛게
흩어지며 핀다

이 산山 저 산山
편도선 터트려 핀다

자화상 自畵像

그늘진 창에
비치는 나

깜짝 놀라
앞을 떠난다

실종당한
내가 거기

서늘하게
살아 있다니!

눈雪

하늘에도 삶이 있어
벼랑 끝에 내몰린 생들이
뛰어내리고 있다
까마득한 높이에서
아득한 절망으로의 투신
처음은 캄캄하다가
하얗게 질리며
눈은 눈감고 내려
땅에서도 밟히는 흰 눈이 된다
하늘에서 땅으로 유배된
가여운 영혼들
사람들이여, 발밑의
눈을 함부로 밟지 마라
밀려난 자의 마지막 사랑으로
지상의 헐벗은 것들 덮어주고
이윽고 한 모금 눈물로 녹아
목마른 것들을 적시고 간다

참깨 볶기

속 깊은 솥 걸어놓고 참깨 볶는다
처음엔 고소한 내를 퐁퐁 풍기며
봄볕에 기어 나온 이처럼 굼실대더니
솥이 달자 타닥, 타닥,
희고 통신하던 이기 불그스레 버둑 뇌어
열 길 절벽 위로 튀어 오른다
타닥, 타닥, 타다닥!
쉴 새 없이 튀어 오른다
사람도 삶의 솥에 넣어 볶아대면
더러는 고소한 내를 풍기기도 하며
저처럼 타닥, 타닥, 튀어 오르리라
이같이 굼실대다가 벼룩같이 튀어 오르리라
더러 솥 바깥으로 떨어진 깨알처럼 자기를 넘어
이승 밖으로 튀쳐나가기도 하리라

힘

왜관에서 서울 가는 무궁화호 객실 안
한 아이가 힘과 놀고 있다

제 삼촌이란 자가 힘! 하니
서너 살 됨직한 그 아이 통로 한가운데 나와
온몸에 힘주며 부들부들 떤다

다시 끊어지는 목소리로 힘! 하니
똑같은 동작을 원숭이처럼 되풀이한다

그래, 모든 것은 힘이다
열다섯 량의 객차를 서울로 끌고 가는 것도 힘이고
인근 미군 부대에서 떠오르는 헬리콥터도 힘으로 떠오른다

오, 이 땅에선
지금 한창인 철로변의 무궁화도 힘으로 핀다

텅 빈 운동장에서 나를 만나다

운동장을 걸어가는데
나는 쓸쓸하게 길었다
아니야, 너는 내가 아니야
고개 흔들어도
발밑에서 빠져나온
명백한 물증
떼어낼 수 없는 내 그림자가
텅 빈 운동장을 메우려든다
모두가 공모한 듯
감쪽같이 사라진 현장
그걸 채우느라 혼자 애쓰며
무한히 나는 늘어지고……

버스가 간다

빈 버스가 간다
빈 버스에 빈 의자가 간다
빈 의자 위엔 빈 손잡이
동그랗게 동동 떠 있는 것이
교수대의 올가미 같기도 하다
손목을 넣어 보니
아뿔싸! 수갑이구나
스물다섯 개의 수갑에
교수되는 마흔 둘의 생애
나는 거기 손목을 채운다
빈 의자가 달린다
빈 버스가 달린다
가만히 보니 버스는 비지만은 않았다
운전기사 한 사람과 몇 사람의 승객
모두 차 있지 못하고 비어 있다
버스에 빈 좌석들이 타고 간다
버스에 빈 껍질들이 얹혀 간다

저녁 국수

살평상에 앉아 국수 한 그릇 합니다
저녁이 와서 앉고, 지나가던
바람도 와 젓가락질을 합니다
초저녁별이 하나 둘 떠오르고
비워 낸 국수 그릇에 어둠이 채워집니다
국숫물에 가라앉은 어둠까지 마시니
반짝하고 전깃불이 켜집니다
불빛 속에 환히 드러나는 바닥
알 수 없는 부끄러움이 가득합니다
보리차 물로 소리 나게 입을 헹궜습니다

4부

남남북녀

휴전선休戰線
― 구름

이 세상에서 가장 한가로운 건

휴전선 위에 뜬 구름!

휴전선休戰線
— 기러기

하늘에도 안 보이는 금 그어놓고

사람들 멀찍이 뒷짐 진 채 물러서면

그 선에 안 닿게 날갯짓하며

줄지어 넘어오는

기러기, 기러기, 기러기

휴전선休戰線
― 앉은뱅이꽃

비무장 지대에 핀 풀꽃들 바라보며

마음 먼저 앉은걸음으로 뭉그적뭉그적

천지간

앉은뱅이꽃으로

환하게 피고 싶어

수평선

누가 면도날로 죽—
길게 금을 그었네

피 한 방울 안 흘리고
하늘과 땅을 갈라놓았네

하루가 저물 무렵에야
그은 틈으로 핏물 번지네

삼팔선

막힌 것 확— 뚫어줍니다
시원하게 뺑! 뚫어줍니다

변기 위에 붙은
용여회사 뚫어— 광고

분단分斷 43년 어느 날
술 취한 눈에 확, 띄던 그거

남남북녀南男北女
— 우리

내 사랑 영변 약산 진달래꽃으로 붉으리니

그대 그리움 낙동강 푸른 물로 굽이쳐라!

남남북녀 南男北女
― 나팔꽃

네게서 오는 소리 들으려고
온몸이 귀
나팔꽃이 피었다

네게만 말하려고
온몸이 입
나팔꽃이 피었다

하나인 몸
갈가리 찢어 발겨

온몸이 귀
온몸이 입
나팔꽃이 피었다

남남북녀 南男北女
— 편지

그대 하늘 위에
짓 글자 써놓고 가네

북행 기러기

꼬동 꼬동 언 발은
내 가슴에 찍어두고

끼룩 끼룩
울음도 심고 가네

길

길은 어디에서도

정지해 있으나

언제나 목적지에

먼저 닿아 있다

대추

대추나무에 대추알들이
말갛게 비에 씻기고 있다
검지 끝마디만 한 굵기지만
아직은 푸른 대추알
봇도랑을 훑으며
고기 잡는 아이들
오돌오돌 젖은 불알 같다
저 놈이 비에 씻기어 물세례
볕에 굽히어 불세례
얼마를 거듭해야
한 알 대추로 붉게 익고
홍동백서紅東白西, 차례 상에 오를까
녀석들 오그라든 불알들
마르고 젖고 얼마나 거듭해야
한 가계의 씨로 구실할까, 생각하며
여물지도 않은 대추를 보고
입 안에 고이는
주책없는 침을 삼킨다

대한민국엔 다리가 많다

우리나라엔 다리가 많다

유구한 역사처럼

길게 놓이는 다리

어느 시대 어느 곳으로든 건너오가는

징검다리 흙다리 나무다리 돌다리 널다리 매나리 술렁다리 가

죽다리 섶다리

건너가고 건너오는데

대한민국 건국 이후엔

현대식 다리들이 줄줄이 놓여졌다

그 중에서도 압권인 다리

이름하여 선거다리

선거가 있을 때마다 생기는 다리

말이 먼저 놓고

표가 뒤따르며 놓는 다리

그 비싼 공짜다리를 건너, 건너

권력으로 간 나라님들

청탁에도 다리, 취직에도 다리, 출세에도 다리

다리 다리 다리 다리

끝없이 놓아지는 다리들

대한민국은 다리 공화국

한 다리 건너면 다 걸리는
다리 공화국 만세!

다리가 없으면 섬이 된다

허수아비는 다리가 하나고
사람의 다리는 두 개다
개나 말 다리는 네 개
한강 다리는 열 개도 넘는다
다리 하나 없으면 철뚝기리며 걷시만
성수대교 같은 다리 하나 무너지면
한강은 절뚝거리지도 못하고
온 서울이 절뚝거린다
태풍 매미울음에 경부선 철교가 끊어졌다
남과 북의 다리가 끊기며
죽고 죽이는 전쟁이 이어졌듯
이쪽과 저쪽을 잇는 길이 무너지며
서울과 부산 사이가 불편하다
다리란 이곳과 저곳만 잇는 게 아니다
때와 때를 잇고
생각과 생각을 이어
동東과 서西, 좌左와 우右, 빈貧과 부富, 남男과 여女, 너와 나
점으로 된 모든 세상을 잇는다
다리가 없으면 모두가 섬이다

우리는 벌레입니다

— 홍대 청소부의 노래

우리는 벌레입니다
바닥에 기어 다니거나
하수구 속을 오가거나
벽을 타고 오르내리는 벌레입니다
사람들 눈에 띄지 않으려고
밤이나 새벽에 움직이는 벌레
존재하면서도 존재하지 않는
있으면서도 없는 모든 말단이고
미물이고 먼지이고 최하위직이며
밑바닥 인생을 사는 그림자입니다
우리는 쓰레기통이거나
화장실이나 주방 싱크대 밑
음습하고 구석진 모든 곳입니다
좁은 구멍 속이나 갈라진 틈새
그곳을 쓸고 닦으며
그것 속에 사는 그림자입니다

배추를 묶다

머리에 수건 쓴 아주머니들이 밭고랑에 앉아 배추를 묶는다

비끼는 햇살도 묶는지 언저리가 더 환하다
그 바람에 수건 아래 내려 깐 농부農婦의 근심이 들킨다

왜, 근심거리는 묶지 않고 그저 감추고만 있는지
왜, 시퍼런 삶은 속이 차오르도록 단단히 묶지 않는지

아낙들은 그걸 묶는 대신 스스로를 말뚝에다 묶는다
그 많은 한숨과 새털 같은 나날에도 다시 밭고랑에 나와 엎드
린 것을 보면!

작년昨年에 그랬듯이 올해도
자신들의 몸을 거기에 묶어 놓은 것이다

우편번호가 생긴 독도獨島

우리 땅이라면서 우편번호도 없던 독도에 새 주소와 우편번호가 생겼다

우편번호 799-805 울릉군 울릉읍 독도리 산 1-37번지 서도 1반, 동도 1반으로

이제 새벽이 안개 속에서 길 잃고 헤매다가 아침에 늦는 일 없겠다 뱃고동 소리도 실족하지 않고 찾아와 둥지 속 잠든 텃새들 깨울 것이다

싱글벙글 해님 새 주소로 찾아와 환한 햇살 뿌리고 가면 먼데서 온 바람도 저를 잊은 꽃들 흔들어 깨우겠다 낮에는 파도소리 갈매기 알 쓰다듬어 부화시키고 밤에는 달님 환하게 떠오르면 별님도 제 번지에서 반짝이리

서도의 구멍바위 물개바위 가제바위 지네바위 권총바위 미륵바위, 동도의 독립문바위로 오징어 명태 상어 고래 연어 대구 송어 떼들 어김없이 찾아오고 외로운 우레 소리도 더 이상 허방 딛지 않고 번개도 곧 바로 내리치겠지 무지개도 제 자리에 바로 걸리니 바위 속 슴새 둥지들도 문패 달겠네

>

여뀌풀 꽃등 달면 남태평양 구름도 더듬지 않고 제 번지로 와 그늘을 드리우고 가끔씩 빗방울로도 방문하니 일기예보도 잘 맞 겠네 등대 불빛에 실려 경비초소의 휘파람소리 더 멀리 날아가 고 육지로 부치는 편지며 소포도 계급장처럼 자랑스레 우편번호 달고 날아가겠지   .

우편번호 단 생각이 뭉게뭉게 구름처럼 피어나는 외로운 섬 독도獨島

이데아에의 꿈, 따뜻한 휴머니티

이태수 시인

이데아에의 꿈, 따뜻한 휴머니티

이태수 시인

1.

박방희 시인은 '시인의 말'에서 이 시집이 "가혹한 시절/ 한 뜸 한 뜸// 내 정신精神에 새긴/ 문신文身들이다"라고 넉 줄의 시구처럼 짧게 밝히고 있다. 이 발언처럼 그의 시는 가혹하게 흘러간 당대 현실을 되돌아보며 그 아픔들을 다각적으로 되새김질하는 한편 가까이 마주치는 현실에서는 맑고 깨끗한 세계와 더 나은 삶을 지향하고 꿈꾸는 두 방향으로 길항拮抗한다. 이 두 방향의 시선은, 역시 시인의 말대로, 지우려야 지우기 어려운 문신같이 한 뜸 한 뜸 새긴 정신의 올이나 그 집적集積임을 여실히 보여준다.

그의 당대 현실 안팎 풍경 들여다보기와 깃들이기는 미제未濟들을 향한 물음들을 대동하면서 그 이면裏面에 자리매김하고 있는 비애의 정서를 떠올려 보이며, 다른 한편으로는 올곧고 정결한 정신을 추스르고 일깨우는 자기성찰自己省察에 무게를 싣는 구도적求道的 길 걷기의 양상을 띠고 있다. 하지만 서사敍事로 기울든, 서정抒情으로 경도되든 담백淡白(담박淡泊)하면서도 발랄한 감성과 언어감각이 일관되게 번지거나 스미는 모습을 보이기도 한다.

그의 시에는 거시적巨視的이면서도 미시적微視的인 시각과 미시적이면서도 거시적인 시각이 마치 톱니바퀴처럼 맞물리고 있을 뿐 아니라 지금·여기에서의 현실을 관조觀照하는 경우에도 더 나은 삶과 그런 세계에의 꿈을 길어 올리며, 내밀한 사물(대상)들의 비의秘義와 불가시적 '순간 속의 영원'이라 부를 수 있는 이데아idea의 추구에 무게가 실리게 마련이다.

산문적 구문과 서사적敍事的 묘사에 기울어진 시편들에는 대체로 오랜 세월을 거슬러 오르며 치유되지 않고 있는 상처들을 불러내 반추하는가 하면, 그 미제들은 현재진행형이거나 희화화戱畵化 속의 가혹한 아픔으로 자리매김한다. 특히 특정시대(6·25 한국전쟁 전후)에 거의 집중되는 비애의 정서 추구는 주로 보편적 진실眞實을 겨냥하는 '미궁 속의 해법解法' 찾기에 주어지고 있다.

그러나 상대적으로 형이상적인 자기성찰에 마음눈이 주어질 경우, 대개 간결한 운문적 문체에 경도되면서 '말 없는 말'이 더 많은 말을 하게 하는 함축의 미덕이 강화되는 촌철살인적寸鐵殺人的 시법詩法이 구사되고, 그 의미망이 아포리즘과 같은 성격을 띠거나 깨우침과 기구祈求를 담은 불교의 선시禪詩와 가톨릭의 화살기도를 연상케 하는 특성들도 두드러져 있다.

그의 시적 특성이 가장 뚜렷하게 짚이는 후자의 시(짧은 시)들에는 끌어들여지는 어떤 사물에도 화자의 감정이입感情移入으로 인격을 부여받게 되는 활유법活喩法이 빈번하게 구사되고, 동시나 동화적인 순결하고 정갈한 정신의 결들이 묻어나기도 한다. 이 때문에 시 속의 동식물이나 무생물들까지도 인간과 같은 반열, 또는 그 이상의 존재로까지 승격되는 경우마저 적지 않다.

게다가 철리哲理로 불리기도 하는 우주와 자연의 순리에 착안하고 성찰하면서 생성보다는 소멸에 대한 관심과 연민憐憫에 무게를 실으면서 길어내는 따뜻한 휴머니티가 시 전반에 관류貫流하는 점이 그의 시를 더욱 돋보이게 하는 특장特長으로도 보인다.

2.

지나간 당대 현실에 대한 시인의 아픈 기억과 상처감들은 오랜 세월의 흐름에도 치유治癒는커녕 여전히 덧날 뿐인 1950년에 발발한 6·25 한국전쟁과 그 후유증에 연계해 집중적으로 조명된다. 처절한 동족상잔同族相殘과 그 미증유未曾有의 비극이 안겨준 상처는 마치 정신에 새겨진 문신처럼 개인적 경험의 차원을 넘어 민족과 국가, 나아가 인류사회라는 거시적 시각과 맞물린 채 반드시 극복돼야 할 과제로 인식되고 있기 때문일 것이다.

전쟁은 필연적으로 다양한 빛깔의 고통과 상처들을 거느리며 다가오게 마련이다. 전쟁 참여 당자뿐 아니라 연관되는 많은 사람들이 그 고통과 상처를 겪지 않을 수 없기 때문이다. 그 모습은, 편법(불법)이겠지만, 형이 징집 안 되게 하려고 봉답 몇 마지기를 받은 몫으로 대신 신체검사 하러 가기 전에 작두로 검지를 자른 아저씨 이야기를 담은 「사슬이 아제」에는 그 참담惨憺한 비극이 극명하게 떠올라 있다.

아저씨가 잘라서 팔팔 뛰는 손가락 쥐고 그날 몹시 울었을 뿐 아니라 "지금도 꺼이, 꺼이, 뒤란 황토에 묻은 울음 솟아나"온다는 서술에서 읽게 되는 바와 같이, 목숨을 위협받는 전쟁의 아픔에다 생존生存문제(가난) 때문에 치러야 했던 아픔까지 현재진행형으로 부각시킨다. 시인은 이 시를 통해 전쟁의 아픔과 그 파장들까지 정면으로 떠올리며, 가난이 부른 전쟁의 참화惨禍는 또 다른 비극을 부른다는 사실도 환기喚起한다.

> 도갓집은 부잣집, 주인은 피난가고
> 술 머슴만 집 지키며 술 담가 팔았다
> 붉은 놀 내리는 저녁답이면
> 머리 허연 술 머슴도 발갛게 익어
> 김일성 장군 노래 부르며 배 두드렸다
> 그마저 훌쩍 떠난 어느 가을날
> 마당가 석류나무만 석류 등 달고
> 빈집 지키며 주인을 기다렸다
> ― 「6·25 ―도갓집」 전문

전쟁이 일어나도 가난해서 피난가지 못한 채 집을 지켜야 했던 도갓집 머슴의 비극적 삶을 조명한 이 시는 적군敵軍에게 술 담가 팔고 그들의 비위를 맞추며 생명을 구걸하다 끝내 숨지고 마는 비극을 호소력 있는 서정적 서사로 그려 보인다. "김일성 장군 노래 부르며 배 두드렸다"는 대목과 끝내 "마당가 석류나무만 석류 등 달고/ 빈집 지키며 주인을 기다렸다"는 표현은 전쟁 참화의 극대화에 다름 아니다.

> "국가는 아직까지 형의 사망 사실을 통보하지 않고 있으며 유해를 인도하지 않고 있다. 사망한 형을 교도소에서 출감시키지도 않았고, 명예 회복 등을 위한 노력도 하지 않고 있다. 이것은 국민의 모든 기본권을 박탈하고, 행정 독점주의를 남용한 것이다. 지금이라도 국가는 유족에게 사망 통보를 하고, 명예 회복과 사과를 해야 한다. 아울러 고문이 아닌 '학살'이라고 인성해야 한다. 이런 것들이 관철될 때까지 끝까지 싸우겠다."
>
> —「국가를 고소하다」 부분

언론에 보도된 기사(2012년 3월 17일자, 시사저널)를 인용하고 있는 이 대목은 6·25 동란動亂(한국전쟁)의 와중에 국군에 끌려가 대전형무소에서 1951년 1월 4일 고문사한 것으로 알려진 박치선의 동생 박치융(65세)이 국가를 대상으로 고소한 내용을 인용해 시화詩化했다. '고문'이 아닌 '학살虐殺'이라는 사실에 심증을 두면서 그런 사실의 은폐를 밝히려는 휴머니티의 기록이라고도 할 수 있다. 이 또한 전쟁과 그에 따르는 미치유 문제에 대한 절절한 고발이 아닐 수 없다.

그러나 시인은 이념적 갈등이나 이를 둘러싼 비극을 치열한 현실의식으로 떠올리기보다는 그 이면에 은밀하게 각인된 비애의 실상實狀들을 들춰내는 데 더욱 무게를 싣고 초점을 맞추기도 한 시편들을 여럿 보여준다. 그 비극과 공포의 모습은 '전쟁은 여자를 슬프게 한다'거나 '이념적 충돌 이전의 원초적 본능이 빚는 비애'라는 명제에 착안되고 발화發話되기에 이르기도 한다.

"유엔군이 마을에 진주해 왔습니다 머리 색깔 눈 색깔은 만국기처럼 각각이고 흰둥이 아니면 검둥이들인데다가 수왈라거리며 돌아다니는 바람에, 사람들 모두 사립문 닫아걸고 겨우 문구멍을 통해서나 세상을 내다보고 있었습니다"라고 시작되는「월장越牆」에서는 전쟁의 본질적인 문제보다도 전쟁의 와중에도 참기 힘든 본능(정욕情慾) 탓으로 담을 넘어 쳐들어온 병사의 "마당을 가로지르던 그 군화 발자국 소리"가 "찢어 놓은 하늘은 아직도 저녁이면 한 번씩 피 흘리곤 한"다는 묘사로 그 공포감을 극대화한다. 이 같은 공포감은 부녀자들이 다락같은 곳에마저 숨다가 못해

군인들 불쑥 불쑥 담 타넘고 쳐들어온다니, 차라리 낮 동안은 한데 모여 있기로 공론이 돌아 마을 한가운데 마당 훤한 우리 집에 모이기로 했습니다 동네 부녀자들 해바라기 꽃판처럼 둥글게 모여앉아 서로서로 울이 되어 지켜주기로 한 것인데, 양지쪽에서 겨울나기 하는 인동초忍冬草처럼 전쟁나기를 한 것이지요 그날부터, 우리 집엔 사람 꽃이 피었다 지곤 하여 난리 중에 팔자에도 없는 꽃피는 세월 있었다는 거지요 아침이면, 누가 먼저랄 것도 없이 하나둘 모여들어 젊은 각시나 처녀들은 꽃술처럼 가운데 앉고 늙은 할미들은 여왕 호위하는 시녀 꽃들로 둘러앉아 눈부신 꽃판 이루고 있었습니다

— 「사람 꽃 —전쟁나기」 부분

라고 위기에 대처對處하는 모습을 여실하게 그려 보이는 한편 "발갛게 달아 탱글탱글하게 치솟은 좆 외면한 채 살려 달라 애원哀願하던 어머니, 흰 땀 뻘뻘 불숨 식식 양담배 내놓고 사정하던 미군, 흰둥이 하나와 검둥이 하나, 멀리 산등성이 밭갈이하는 황소 좆만 하던 그것, 아무리 고함쳐 불러도 흰옷 입은 사람은 오지 않고 싫단고 개머리판으로 찍은 이마빡 솟구치는 피를 봐ㄱ야 물러나던 이국 병정들"(「크디요? 크디요?」)이라는 처절한 정황 묘사로 이어지게도 하며

마을 사람들은 크디요? 크디요? 전쟁도 끝나 40년 어머님 작고 10년, 이마의 혹도 삭고 역사의 혹도 삭아갈 무렵, 아직도 들리는 마을 아낙들 목소리, 크디요? 크디요? 그때 그 미군은 살아 돌아갔을까? 여섯 살 나는 또 왜 울지도 않고 보고만 있었을까?

— 「크디요? 크디요?」 부분

라는 기막힌 기억들까지 거침없이 불러내 떠올려 놓기도 한다. 오죽하면 그 황당하고 처참한 상황을 "크디요? 크디요?"라는 조롱조嘲弄調의 어투로 희화화했겠는가. 전쟁의 피해는 순한 백성들에게 엄청난 부정적 여파를 안겨줄 뿐 아니라 피난민들마저 경계의 대상으로 삼게 만든다는 것이다. 전쟁의 피해자로서의 공동운명체共同運命體라고 할 수 있는 피난민들에게도 불가피하게 피해를 입을 수 있기 때문에 현지 주민들의 인심人心이 점

차 야박해질 수밖에도 없게 되는 건 전쟁 중의 각박한 세태 탓일 게다.

피난생활의 한 단면을 보여주는 「별밭」에서도 화자는 "그 해 여름 우리 마을 앞 냇가에는 노숙하는 피난민들, 살판났다 달라붙는 모기들과 싸우며 남도 인심 욕하느라 감자 많이 먹였지요"라고 어릴 적 기억을 넉살스럽게 불러내는가 하면, "가끔씩 별똥별들 길게 불타며 지고 유성 따라 명命 다한 목숨들도 한둘씩 지기도 하는데, 그때마다 와─하고 터트리는 산 자들의 호곡도 캄캄한 죽음 너머로 길게 따라가곤 했"다고 토로하겠는가. 비애의 반어反語로 등장하는 희화적인 너스레는 또 어떤 빛깔인가. 그 비애는 전쟁 통에 숨어살던 방공호防空壕(대피호)마저

> 남녀 연애 굴로도 안성맞춤인지라, 그 굴이 전쟁 중엔 물론 끝나고도 한참 동안 낮이고 밤이고 요새 러브호텔처럼 이용되었다는데요 거기 출입하여 낳은 아이를 굴 아이라고 불러 마을에 굴 아이가 한둘이 아니었답니다 〈중략〉 그 은밀한 장소를 오래 못 만난 남남북녀南男北女 데이트 장소로 삼으면 어떨까 싶은데요 그리하여, 굴 아이들 태어나 통일세대 만들면 이 땅의 남북통일 절로 되지 않겠나, 하는 거지요!
> ─「굴 아이」 부분

라는 비약적 발상發想으로까지 나아가게 한다. 전쟁의 산물인 방공호가 비극의 현장이 아닌 반대상황의 남북 남녀의 데이트 장소로 활용되기를 바란다는 건 남북 분단分斷 비극에 대한 역설적

표현이면서 실현 가능성이 실날같은 남북 화해和解의 분홍빛 꿈과도 다르지는 않은 것으로도 봐야 하지 않을까. 전쟁이 안겨주는 비극과 비애는 이처럼 그야말로 끝 간 데가 안 보일 정도다.

3.

전쟁이 휩쓴 뒤 오랜 세월이 흘렀음에도 시인의 가슴에는 그 상처가 깊이 각인돼 있고, 상흔傷痕의 그림자들로부터도 자유로울 수 없는 건 치유를 향한 남다른 열망 때문일 것이다. 불행하게도 세계 유일의 분단국가에 살고 있으므로 그 비에에 민감한 시인으로서는 당연히 그럴 수밖에 없을는지도 모른다. 이 같은 숙명宿命과 소명召命의식은 마주치는 사물(대상)들에 서정적 자아가 다각적으로 구사되는 경우에도 빈번히 전쟁의 상흔과 무관해 보이지 않는 상실과 비애의 이미지, 그 아픔을 초극하려는 꿈들이 다양한 무늬를 거느리며 등장한다. 때로는 그 풍경들이 은유와 상징의 옷을 입은 모습으로도 형상화된다.

「도깨비불」, 「왜관대교 지나며」, 「조국祖國」, 「뼈」 등에서는 그 상흔들이 직접적으로, '구름', '기러기', '앉은뱅이꽃'을 부제로 단 「휴전선休戰線」 연작과 「수평선」, 「삼팔선」 등은 다소의 역설적인 빛깔과 함축된 이미지로 다가오지만, 넓은 의미로는 같은 맥락의 작품들로 볼 수 있다.

「도깨비불」에서 화자는 비 오거나 궂은 날 저녁의 '도깨비불'이 사변(6·25 전쟁) 때 이편저편 무더기로 죽은 주검의 인골人骨이 흐르는 인燐불이라는 걸 소년 시절에 알게 된 이후 작금의 시선으로는 "한恨이 삭아 새살 돋거나/ 통일되어 한나라 꿈 이루어지는 날/ 비로소 도깨비불 사라지고/ 도깨비로 떠도는 혼령도 잠들겠지요"라고, 전사자들의 진혼鎭魂과 남북통일에의 꿈을 진솔하게 노래한다.

겨울 너른 낙동강 빈 벌 지날 때

까마귀 떼들 불티처럼 떠올라 날아다닌다

전쟁 끝난 지 반세기인데 아직도 떠도는 원혼 있는가?

저녁노을은 피처럼 붉게 지고

저문 강물은 쏟은 물처럼 좌— 퍼져 흐른다
　— 「왜관대교 지나며」 전문

전쟁 당시 낙동강 전투가 치열했던 왜관의 대교에서도 시인은 「도깨비불」에서와 같이 원혼들을 까마귀 떼나 붉은 저녁노을, 노을이 비친 강물에서 비유적 이미지로 착색해 진혼을 염원하며 바라본다. 까마귀 떼를 여태 떠도는 원혼冤魂으로 여기는 화자는 붉은 저녁노을이 비친(물든) 대교 밑의 강물을 피처럼 퍼져 흐른다고 바라본다.

"조국은 자석/ 국민은 쇳가루// S극이든 N극이든/ 온몸으로 달라붙는다"(「조국祖國」)고, 자석에 비유되는 남북의 잠재된 소망을 끌어당겨 바라보기에 이르기도 하며, 그의 시로서는 드물게 긴 시「뼈」는 1986년 6월에 설악산 소청봉 아래서 6·25때 전사한 것으로 보이는 한 국군國軍의 시체가 발견 이후의 서사와 목격 체험을

> 한지 위에 곱게 진열한 그의 뼈가
>
> 갑자기 웃기 시작했다
>
> 갸가갸갸갸갸……
>
> 포탄을 보고 또 미치기 시작하는지
>
> 백일하에 드러난 뼈다귀가 가려워서인지
>
> 갈갈갈갈갈갈갈……
>
> 진실의 뇌관을 가지고 간 그가 구름 뒤에서
>
> 하얗게 웃고 있었다
>
> 빛처럼 안개처럼 풀꽃처럼 피어 나가며
>
> 흙 묻은 그의 뼈가 하얗게 폭발하고 있었다
>
> ―「뼈」부분

고, 이 시의 후반부에 묘사해 보인다. 전쟁이 빚은 참화의 극단적이고 역설적인 패러디가 아닐 수 없다. 특히 전사자의 "뼈가/ 갑자기 웃기 시작했다", "구름 뒤에서/ 하얗게 웃고 있었다", "뼈가 하얗게 폭발하고 있었다"에서와 같이 안 보이는 동작을 가시적인 동작으로, 그 뼈의 안 들리는 소리를 들리는 소리인 "갸갸갸갸갸갸……", "갈갈갈갈갈갈갈……"로 묘사하는

건 환각幻覺이나 환청幻聽이 아니라 시인의 서정적 자아에 의한 극단적 비애의 감정이 이입되고 투사된 경우에 다름 아닌 것이라 할 수 있다.

그러나 시인은 휴전선에서 전쟁의 아픔을 알 리 없거나 분단과는 무관하게 남북을 자유자재로 넘나들 수 있는 구름과 기러기, 비무장지대에 피어 있는 풀들과 앉은뱅이꽃, 인간과는 달리 전쟁 없이도 하늘과 땅을 갈라놓는 수평선水平線(또는 지평선), 막힌 변기를 뚫는 광고에서 군사분계선의 단절을 안타깝게 통감하는 마음 등을 극도로 압축된 구문과 이미지들로 그려 보인다.

이 세상에서 가장 한가로운 건

휴전선 위에 뜬 구름!
— 「휴전선休戰線 —구름」 전문

하늘에도 안 보이는 금 그어놓고

사람들 멀찍이 뒷짐 진 채 물러서면

그 선에 안 닿게 날갯짓하며

줄지어 넘어오는

기러기, 기러기, 기러기

이 시집의 시 가운데 가장 짧은 시의 하나인 「휴전선休戰線 —구름」은 단 두 행, 두 연으로 함축되고 압축된 시지만 화자의 심상 풍경이 호소력 있게 투사되고 있다. 단절과 압박감의 상징이며 전쟁이 잠정적으로 멈춘 상태인 분단의 최일선인 휴전선과 그 위 하늘에 떠 있는 구름을 통해 비애를 역설적으로 극대화한 시라 할 수 있다. 더구나 그 구름이 이 세상에서 가장 한가롭다는 긴 분단 없는 날에 대한 열망의 다른 표현이기도 할 것이다.

「휴전선休戰線 —기러기」도 분단시대를 살고 있는 우리와 너무나 대조적인 기러기의 대비를 통해 자재로 삶의 터전을 찾아 철 따라 줄지어 경계도 없이 자유를 만끽하는 철새에 부러운 마음을 투영하고 있으며, 「휴전선休戰線 —앉은뱅이꽃」은 비무장지대에 풀꽃처럼 "마음 먼저 앉은걸음으로 뭉그적뭉그적/ 천지간/ 앉은뱅이꽃으로/ 환하게 피고 싶"은 심경을 토로한다.

「수평선」 역시 면도날로 누가 길게 금을 그은 듯 "피 한 방울 안 흘리고/ 하늘과 땅을 갈라놓"은 것 같은 수평선(지평선으로 봐도 좋을 듯)을 부러워하는 까닭은 너무나 많은 피를 흘리고도 단절의 경계로 만들어진 군사분계선과는 다르게 절대자가 섭리로 빚었다는 인식 때문일 것이다. 하지만 저물 무렵 노을을 보면서는 그(수평선의) "그은 틈으로 핏물 번지네"라고 덧붙여 바라보게 되는 건 화자의 마음눈에는 붉은빛이 인간들의 핏빛과도 같이 느껴지기 때문이 아닐는지…….

막힌 것 확— 뚫어줍니다
시원하게 뻥! 뚫어줍니다

변기 위에 붙은
용역회사 뚫어— 광고

분단分斷 43년 어느 날
술 취한 눈에 확, 띄던 그거
―「삼팔선」 전문

「수평선」에서의 일말의 의문도 시 「삼팔선」이 시원하게 풀어
준다. 첫 연의 두 행은 화장실 변기 위에 붙어 있는 용역회사의
‘뚫어—’ 광고 문구다. 화자가 막힌 것을 “확—”, “시원하게
뻥—”뚫어준다는 문구가 취한 눈에 “확” 띄었다는 대목은 그야
말로 눈에 확, 띈다. “분단分斷 43년 어느 날”이라는 구절과 용역
회사의 ‘뚫어—’ 광고의 “확—”, “시원하게 뻥—”이라는 문구가
마음을 잡아 흔들었을 것이다.

‘겨울나무’, ‘길’, ‘얼룩’, ‘억새꽃’ 등을 부제로 거느리는 「지리
산」 연작은 전쟁과 그 이후의 정황을 직접적으로 그리지는 않아
도 그런 아픔과 동떨어져 보이지는 않으며, 비애의 그림자와 전
혀 무관하지도 않아 보인다. 「지리산 ―겨울나무」에서 시인은 감
정을 이입하고 투사해 인격을 부여받은 겨울나무들의 수척한 모
습이 더 큰 산 속 더 큰 어둠 속으로 총대 하나씩 거꾸로 메고 가
는 패잔敗殘의 걸음에 비유된다.

또한「지리산 ─길」에서는 이 산과 이 산이 품고 있거나 연해 있는 모든 사물들과 산 속의 천둥소리, 바람소리, 휘파람소리, 물소리, 부엉이 울음소리 뿐 아니라 심지어 하늘의 별빛마저 길을 내놓거나 수천 갈래로 풀어내는 것으로 그리며, 인간이 사물화事物化 되는 상징체계를 빚어 보이는「지리산 ─얼룩」에서는

산山사람
더 이상 갈 데 없어
봉우리에 달 오를 때
달 속으로 들어가
얼룩이 되었다
― 「지리산 ─얼룩」 전문

고, 사람의 하강 이미지를 사물의 상승 이미지로 환치시키면서도 그 사물(달)의 '얼룩'으로 비하하는가 하면, 역시 상승과 하강 이미지를 교차시키는「지리산 ─억새꽃」에선 산 능성마다 핀 억새꽃을 이 땅이 그대에게 바치는 헌사獻詞라면서도 그 꽃이 천왕봉 꼭대기에 핀 모습은 '꽃구름'이나 '하늘이 그대에 내리는 면류관'으로 격상시켜 놓는 상징체계를 보이고 있다. 이 시에서는 비의秘義 속의 '그대'를 '하늘'과 '땅'으로 환치하면서 높낮이 다르게 핀 억새꽃을 '그대를 향한 헌사'로, '그대를 향한 꽃구름이나 면류관'으로 격상된 모습을 하강 이미지에 싣는 상징체계를 떠올리고 있다.

4.

　시인은 더 나은 삶과 더욱 살만한 세상, 현실 너머의 이상理想 세계를 꿈꾸는 사람이며, 시는 그런 지향과 꿈꾸기의 기록이라 할 수 있다. 동양적 가치관으로는 시인을 '시=사람'으로 보아 왔다. 그만큼 시인에게 의미를 부여했으며, 상대적으로는 그런 덕목을 요구하는 셈이다. 하지만 시인도 생활인으로 일상의 안팎에서 마주치는 애환哀歡이나 파토스, 그 밝음과 어둠(그늘)들을 비켜설 수 없으며, 어떤 방식으로든 대응할 수밖에 없는 범인凡人이기도 하다. 시도 그 속에서 빚어진다는 점에서도 일상인으로서의 시인의 모습도 눈여겨보지 않을 수 없다.

　　살평상에 앉아 국수 한 그릇 합니다
　　저녁이 와서 앉고, 지나가던
　　바람도 와 젓가락질을 합니다
　　초저녁별이 하나 둘 떠오르고
　　비워 낸 국수 그릇에 어둠이 채워집니다
　　국숫물에 가라앉은 어둠까지 마시니
　　반짝하고 전깃불이 켜집니다
　　불빛 속에 환히 드러나는 바닥
　　알 수 없는 부끄러움이 가득합니다
　　보리차 물로 소리 나게 입을 헹궜습니다
　　―「저녁 국수」 전문

이 시는 국수 한 그릇으로 저녁식사를 하는 일상을 아름다운 서정적 언어로 빚어 보이면서 시인의 내면을 차분한 어조로 두루 내비치고 있으며, 일상의 애환과 파토스들을 담백하게 떠올린다. 삶의 밝음과 어둠, 채움과 비움, 연원도 모를 부끄러움까지 성찰하지만, 이 행위行爲와 사유思惟는 어디까지나 자연의 질서(순리) 안에서 이루어진다.

시인의 서정적 자아는 하강과 상승이 교차되는 내면과 자연을 하나로 아우르며 바라보고 들여다보기도 한다. 국수를 먹고 있는 살평상에 저녁이 와서 앉고, 바람도 국수 젓가락질을 하며, 하늘에는 초저녁 별들이 뜨지만 국수가 비워지는 만큼 어둠이 채워진다. 국숫물에 가라앉은 어둠까지 마시니 전깃불이 켜지고, 그 불빛에 드러난 그릇 바닥에는 어둠 대신 알 수 없는 부끄러움이 가득 채워지기도 하며, 식사가 끝난 뒤의 어둠과 부끄러움을 먹은 입을 헹구게 된다. 내면을 바깥으로 번지게 하고 자연이 안으로 스미면서 빚어지는 한 폭의 수묵화水墨畵를 연상케도 한다.

그렇다면, 시인의 저녁시간 이전과 이후의 일상적 안팎의 시간들은 어떻게 흐르면서 어떤 표정을 짓게 되는 것일까. 낮에 참깨를 볶으면서는 "희고 동실하던 이가 불그스레 벼룩 되어/ 열 길 절벽 위로 튀어 오른다"(「참깨 볶기」)고 본다. 게다가 시인은 사람들을 볶으면 "더러 솥 바깥으로 떨어진 깨알처럼 자기를 넘어/ 이승 밖으로 튀쳐나가기도 하리라"(같은 시)는 비관적인 상념과 허무虛無에 젖게 된다.

한편 바깥으로 눈길을 돌리면서는 봄 길목에 자주 터트려지는 최루탄(데모 탓) 가스 탓으로 산에 피는 진달래꽃을 편도선을 터트리는(「진달래꽃」) 것 같다거나, 내리는 눈을 "까마득한 높이에서/ 아득한 절망으로의 투신"(「눈눈」), 또는 "하늘에서 땅으로 유배된/ 가여운 영혼들"(같은 시)이라고 묘사하듯, 화자가 발 딛고 있는 일상적 현실이 뒤틀려 있거나 절망에서 자유롭지 못한 곳으로 그려지고 있다. 뿐 아니라 심지어는

고요가 커져 하늘에 닿았다

세상은 마치 속 빈 자루 같았다

이따금씩 햇볕이 일제히 울어

매미 소리는 노란 땀을 좍, 좍, 흘렸다

한낮은 점점 더 빨리 부풀어 올라

까마득히 우리는 기함氣陷하고 있었다
— 「대낮」 전문

고도 절규絕叫한다. 한낮의 세상은 속 빈 자루 같고, 그 고요가 온 세상에 충만해 이따금 햇볕마저 일제히 울게 한다. 이 같은 일상적 현실에서는 매미 소리마저 노란 땀을 좍, 좍 흘리며, 더 빠른 속도로 악화되는데 하물며 인간(우리)은 기력이 없어 푹 가

라앉지 않고 배길 수 있겠는가. 이 대목에서처럼 시인은 때때로 절망적인 현실과도 조우遭遇한다.

시인에게는 한낮의 수탉 울음도 "한낮이 제 흥에 겨워/ 한번 닭 모가지를 빌어 뽑아 보는 것"(「수탉 울음」)일 뿐, "긴 봄날/ 첩첩 고요에/ 금이라도 낼 요량"(같은 시)으로 보이게 하는 것도 같은 맥락으로 읽힌다. 더구나 그런 절망감을 빚는 한낮은 급기야 태양마저 먹어버리기까지 한다.

> 밝고 뜨거운
> 빛 덩어리를
> 야금야금
> 먹어치운
>
> 흡혈귀 같은 대머리 달
>
> 몇 년은 굶어도 환할 것이다
> ― 「달의 오찬 ―일식日蝕」 전문

달에 의해 태양이 가려지는 현상인 '일식'을 '달의 오찬'으로 읽는 이 시는 한낮의 안 보이는 달이 밝고 뜨거운 태양을 야금야금 먹어치운다고 화자의 심상풍경을 극대화한다. 게다가 그 달은 '흡혈귀吸血鬼'나 '대머리'에 비유하면서 오찬으로 그 밝고 뜨거운 태양을 먹었으니 몇 년을 굶어도 환할 것이라고 '안 보이는 그 무엇'에 시의 초점을 맞춰 놓기도 한다.

배추가 속이 알차도록 묶는 아낙네들을 보면서 정작 자신의 근심거리나 "시퍼런 삶은 속이 차오르도록" 단단히 묶지 않고, 스스로의 몸을 말뚝에다 묶는다는「배추를 묶다」, 홍대 청소부의 노래를 끌어들여 그런 기층민基層民들을 "바닥에 기어 다니거나/ 하수구 속을 오가거나/ 벽을 타고 오르내리는 벌레"이며, 인생의 밑바닥에 사는 그림자라는「우리는 벌레입니다 ―홍대 청소부의 노래」는 외부로 시선을 돌려 그늘진 현실에 연민의 휴머니티를 발산하는 경우에 다름 아니다.

　그런가 하면, 저녁과 밤 풍경에 대해서는 도살장에서 도살되는 황소에 착안하면서 "커다란 눈망울 굴리며 올라가/ 저녁마다 불을 물어/ 황소별자리가 된다"면서 "밤마다 내 꿈엔 소름이 돋고/ 사람들 머리엔 뿔이 자란다"고 현실적 비애를 노래하고 있는「도살장 근처」라든가

　　통금이 없어지고
　　통금 사이렌이 사라진 지 오래인데
　　세상에 아직 호각소리 남았다
　　쫓기는 발자국 소리도 남았다
　　방범대원 손전등 불빛 한 줄기에
　　하늘 한 귀퉁이씩 무너지고
　　밤을 찢는 호각소리 한 홉吸에
　　까마득히 별 하나씩 진다
　　―「호각소리」 전문

고, 사회에 대한 불안 심리를 묘파한 이 시도 일상적 현실에 대한 날카로운 비판이 아닐 수 없다. 특히 이 시에서 시인은 사회의 질서 유지를 위한 제도가 거느리는 모순矛盾에 시선을 보내면서, 통금 사이렌 대신 남아 있는 방범대원의 호각소리가 심야의 별 하나씩 까마득히 지게 한다는 역기능逆機能을 적시하고 있다.

이 같은 일상적 현실에 대한 비판적 시각은 보다 근원적인 자기성찰을 그 뿌리로 하고 있으며, 안팎으로 스미고 번지는 비애의 정서는 궁극적으로 더 나은 세상을 향한 꿈꾸기에 주어진다고 할 수 있다. "그늘진 창에/ 비치는 나"(「자화상自畵像」)라든가 "실종당한/ 내가 거기// 서늘하게/ 살아 있다니!"(같은 시)라는 대목에서 암시되고 있듯, 나는 현실의 그늘진 창에 비치고 있을 뿐 아니라 안 보이는 '나'가 보이는 '부재不在 속의 실재實在', '실재 속의 부재'라는 전제를 깔고 있으면서도, 「텅 빈 운동장에서 나를 만나다」에서처럼 그 쓸쓸하게 긴 그림자(자신의 허상)를 그림자가 아닌 진정한 실상으로 채우려는 의지를 끌어안고 운동장(현실)을 걷고 있기 때문이다.

5.

이 글의 모두에서 언급한 바 있지만, 박방희 시인의 시가 보여주는 가장 두드러진 특징과 개성個性은 특유의 간결한 문체와 함축된 문장, 진솔하고 담백하면서도 촌철살인적인 시법, 현실 너머의 이데아 추구, 안팎으로 번지고 스미는 휴머니티다. 동화童話(우화)의 발상처럼 빈번하게 구사되는 활유법과 거시적이면서도 미시적이고 미시적이면서도 거시적인 시각 아우르기 역시 특유의 시적 묘미를 증폭시켜 주기도 한다.

내 동맥動脈을 끊어

새파랗게 언

저 들녘의

겨울보리를 덥히랴!
— 「동맥冬麥」 전문

단 한 문장, 네 행, 네 연으로 짜인 이 시는 얼어붙은 겨울 들녘에서 인동忍冬하는 '동맥冬麥'을 내면으로 끌어당겨 화자의 '동맥動脈'에 흐르는 피로 덥혀보려 하듯, 보리에 인격을 부여하는 활유법이 구사되면서 물아일체物我一體의 경지를 떠올리고 있을 뿐 아니라 외부로 열리고 번지는 휴머니티를 시사하기도 한다.

같은 발음의 어휘를 통해 발화되는 의미의 비약飛躍과 그 비약을 추동하는 연상聯想 기법의 언어감각도 돋보이는 이 시에서 자신의 혈관을 끊어 그 따뜻한 피로 언 들녘의 보리를 덥혀보려 하는 건 다른 한편으로 자기헌신과 아가페적인 사랑을 암시하면서 차가운 세상을 향한 일깨움의 의미도 거느리고 있는 것으로 보이게 한다.

세상을 지우며

하얗게 눈 내렸다

새 세상에 나

또한 없으렷다!
— 「백설白雪」전문

　짧은 두 문장, 네 행, 네 연으로 구성된 이 시는 물이일쳬이 문맥으로 읽히게 한다는 점에서 「동맥冬麥」과 같은 맥락에 놓인다. 다만 서정적 자아가 대상(세계)을 내부로 끌어들여 내적 인격화를 이루게 하는 동화同化 기법과는 달리, 화자의 감정이입感情移入으로 자아와 세계(대상)가 일체를 이루도록 하는 투사投射 기법이 끌어들여지고 자기성찰에 무게를 실린다는 점이 변별된다.
　세상이 순결하지 않듯이 화자도 별반 다를 바 없다는 전제 때문일까. 시인은 '세상=나'라는 등식을 통해 '지움'의 미덕에 마음눈을 가져간다. 눈이 내려 세상을 하얗게 지우듯이(덮듯이) 화자도 그 눈으로 지워지고 순결하게 거듭나기를 바라기 때문일 게다. 이렇게 본다면 이 시는 백설을 매개로 '지워짐→거듭남'이라는 명제를 암시한다고 할 수 있다.
　아포리즘 성격을 띠기도 하는 그의 적잖은 시들은 짧은 문장(문맥)에 감정을 이입하는 투사 기법이 빈발하며, 이 투사에는 시인의 이데아가 오롯이 자리 잡게 마련이다. 강을 바라보면서

여기 누가 먼 백사장에
푸른 넋 풀어 놓았는가

끝없이 이어지는 자유自由의 숨결이여!
　　　　—「강」 전문

라고 한다든지, "가을 하늘 까마득히 // 한 점 점으로 박힌 새 // 먹이 때문이 아니다 // 우주의 눈이고 싶어서다"(「새」 전문), "풀밭에 가면 // 직면하는 // 민주주의의 힘 // 나를 떠받치는 // 작고 여린 팔들의 // 꿋꿋한 버팀"(「민주주의民主主義」 전문)이라는 대목들도 마찬가지다.

'강'을 누가 풀어 놓은 넋들이 끝없이 이어지는 자유의 숨결이며, 하늘에 잠시 멈춰 날갯짓하는 새는 우주의 눈이고 싶어서이며, 풀잎들을 민주주의의 화신化身이라고 보는 바와 같이 시인은 어떤 사물이나 자연현상에도 감정을 이입해 현실 너머의 이데아를 떠올려 놓게 마련이다. 「길」, 「수수」, 「겨울보리도 그렇듯이 이 같은 예를 들자면 끝이 안 보일 정도이다.

같은 맥락의 「심산 김창숙金昌淑」과 「독도는 섬이 아니다」의 경우는 그 특유의 신선한 발상과 상상력으로 소중한 향토나 향토가 배출한 인물과 우리 국토(자연)에 대한 예찬이라 할 수 있다.

경상북도 성주에는 가야산이 있고

가야산보다

더 높고
깊은

심산心山
김창숙 옹이 있다
　―「심산 김창숙金昌淑」 전문

푸른 동해에
낙관한

삼천리
금수강산

대한민국의
국새國璽이다
　―「독도는 섬이 아니다」 전문

「심산 김창숙金昌淑」은 성주(시인의 고향이기도 함) 출신의 고매한 인물인 김창숙을 우러러 떠받드는 시다. 감창숙의 호인 '심산'에 착안한 듯한 이 시는 향토에 대한 자긍심自矜心을 바탕으로 높고 깊은 자연으로서의 산(가야산)보다 더 높고 깊은 이데아로서의 산(심산心山)을 칭송하고 일깨워준다고 할 수 있다.

　한편 「독도는 섬이 아니다」는 우리 국토를 그림(한국화나 문인화)에 대입시켜(비유해) 독도가 '삼천리금수강산'(대한민국)

의 작은 섬이 아니라 '푸른 동해'에 찍어놓은 '낙관落款'이자 '국새國璽' 자체로 환치해서 얼마나 소중한 존재인가를 환기하고 있다. 낙관은 작가가 그림이나 글씨를 완성했을 때 마지막으로 찍는 인장이며, 국새는 국가적 문서에 사용하는 인장으로 국권國權의 상징이라는 사실을 떠올리면 이 비유의 뉘앙스가 쉽게 다가올 것이다.

'우리', '나팔꽃', '편지'를 부제로 달고 있는 연작시 「남남북녀南男北女」는 분단의 아픔과 그 극복에의 열망을 상징 기법으로 떠올리는 애달픈 '사랑시'들로 읽힌다. 시인에게는 이뤄지지 않는 사랑에의 목마름처럼 아픈 미제로만 남아 있는 민족공동체의식을 곡진한 상징으로 떠올려 보이기 때문이다.

'남남북녀'라는 말은 '남자는 남녘의 남자가, 여자는 북녘의 여자가 잘났다'는 속설俗說이듯이, 이 연작시의 화자는 남녘에 살고 있는 남성이며, 연인은 북녘에 있는 여성으로 설정돼 있다. 김소월의 시적 화자와는 정반대지만, 우리민족 정서의 뿌리라 할 수 있는 '한恨'과 '체념'을 노래하고 있다는 동질성同質性을 보여주기도 한다.

그대 하늘 위에
짓 글자 써놓고 가네

북행 기러기

꼬동 꼬동 언 발은

내 가슴에 찍어두고

끼룩 끼룩
울음도 심고 가네
— 「남남북녀南男北女 —편지」 전문

　하지만, 이 시에서 드러나듯이 한과 체념의 정서는 역시 여성의 몫이다. 겨울철새인 '기러기'(연인)는 북녘으로 가면서 '짓 글자'를 쓰고 '언 발'과 '울음'을 찍거나 심으며 가기 때문이다. 그러나 때로는 그 사정이 반전反轉되기노 안다. "네게서 오.는 소리 들으려고 〈중략〉 네게만 말하려고 〈중략〉 하나인 몸/ 갈가리 찢어 발겨// 온몸이 귀/ 온몸이 입/ 나팔꽃이 피었다"(「남남북녀南男北女 —나팔꽃」)는 상징적 묘사는 남성인 화자가 '나팔꽃'으로 여성화되고 있지 않은가. 하지만 화자의 성별은 다시 반전된다.

　　내 사랑 영변 약산 진달래꽃으로 붉으리니

　　그대 그리움 낙동강 푸른 물로 굽이쳐라!
　　— 「남남북녀南男北女 —우리」 전문

　여기서는 북녘의 '내 사랑'은 붉게 핀 '진달래꽃'으로 여성화되고, 남성인 화자는 남녁 낙동강의 '푸른 물'이 된다. 시인은 결국 이같이 화자의 성별 뒤집기를 거듭하면서 화자를 온전한 '남남南男'으로 회복(회귀)시키고 '우리'(공동체)이기를 열망하기에 이른다. 그것도 붉은 진달래꽃의 그리움이 능동적으로(남성화되듯) 낙동강 푸른 물까지 굽이치기를 열망하고 있지 않은가.

이같이 화자 성별의 '반전의 반전'을 통한 낯설게 하기도 「남남북녀南男北女 —나팔꽃」에서의 그 "하나인 몸/ 갈가리 찢어"진 '불구不具'의 몸을 온전한 '하나인 몸'으로 회복시켜 「남남북녀南男北女 —우리」에서는 분단 극복에의 꿈(열망)을 뜨겁게 노래한다고 봐도 좋을 것이다. 이 같은 미묘하고 긴장된 시적 장치 역시 박방희 시의 매력이라고 할 수 있다.

시인은 근년 들어 동시, 시조, 시 등 운문의 모든 장르를 넘나들며 폭발적인 활동을 펼치고 있어 각별히 관심을 모은다. 이 같은 열정의 바탕에는 어김없이 동심童心과도 같이 순수한 마음과 극도로 정제된 시정신詩精神이 공고하게 자리매김하고 있기 때문일 것이다. 더구나 비록 마주치는 현실이 "길은 어디에서도// 정지해 있으나// 언제나 목적지에// 먼저 닿아 있"(「길」 전문)는 모순을 안겨줄지라도, 궁극적으로는 부단히 더 나은 삶과 이상세계(이데아)를 향한 꿈꾸기에 가열하게 불을 지피고 있기 때문이기도 할 것이다.

박방희 시집

사람 꽃

발   행 2020년 1월 17일
지 은 이 박방희
펴 낸 이 반송림
편집디자인 김지호
펴 낸 곳 도서출판 지혜 · 계간시전문지 애지
기획위원 반경환 이형권
주   소 34624 대전광역시 동구 태전로 57, 2층 도서출판 지혜 (삼성동)
전   화 042-625-1140
팩   스 042-627-1140
전자우편 ejisarang@hanmail.net
애지카페 cafe.daum.net/ejiliterature

ISBN : 979-11-5728-385-9 03810
값 10,000원

박방희

경북 성주에서 태어나 1985년부터 무크지 『일꾼의 땅』과 『민의』, 『실천문학』 등
에 시를 발표하며 등단. 이후 동시, 동화, 소설, 수필, 시조 부문 신인상을 받거
나 신춘문예 당선 또는 추천되었다. 푸른문학상, 새벗문학상, 불교아동문학작
가상, 방정환문학상, 우리나라좋은동시문학상, 한국아동문학상, (사)한국시조
시인협회상(신인상), 금복문화상(문학부문), 유심작품상(시조부문) 등을 수상
하였다. 시집으로 『나무 다비茶毘』 외 동시집, 시조집, 등 26권의 작품집이 있다.
박방희 시집 『사람 꽃』이 보여주는 가장 두드러진 특징과 개성個性은 특유의 간
결한 문체와 함축된 문장, 진솔하고 담백하면서도 촌철살인적인 시법, 현실 너
미의 이데아 추구, 안팎으로 번지고 스미는 휴머니티다. 동화童話(우화)의 발상
처럼 빈번하게 구사되는 활유법과 거시적이면서도 미시직이고 미시적이면서도
거시적인 시각 아우르기 역시 특유의 시적 묘미를 증폭시켜 주기도 한다.

이메일: pbh0407@hanmail.net